Marc Couture

Bruno
et la malédiction

Illustrations
Sarah Chamaillard

Collection Œil-de-chat

Éditions du Phœnix

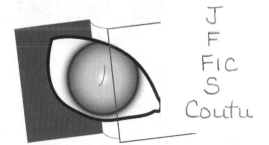

© 2012 Éditions du Phœnix

Dépôt légal, 2012
Imprimé au Canada

Illustrations Sarah Chamaillard
Graphisme de la couverture : Guadalupe Trejo
Graphisme de l'intérieur : Hélène Meunier
Révision linguistique : Hélène Bard

Éditions du Phœnix

206, rue Laurier
L'île Bizard (Montréal)
(Québec) Canada H9C 2W9
Tél.: (514) 696-7381   Téléc.: (514) 696-7685
www.editionsduphœnix.com

**Catalogage avant publication de Bibliothèque et
Archives nationales du Québec et Bibliothèque et
Archives Canada**

Couture, Marc

  **Bruno et la malédiction
  (Collection Oeil-de-chat ; 39)
  Pour les jeunes de 9 ans et plus.**

  ISBN 978-2-923425-72-6

  I. Chamaillard, Sarah. II. Titre. III. Collection:
Collection Oeil-de-chat ; 39.

**PS8605.O921B78 2012   jC843'.6   C2012-940959-6
PS9605.O921B78 2012**

Conseil des Arts   Canada Council
du Canada   for the Arts

Nous remercions la SODEC et le Conseil des Arts du Canada
de l'aide accordée à notre programme de publication. Nous
reconnaissons l'aide financière du gouvernement du Canada
par l'entremise du Fonds du livre du Canada pour nos activités d'édition. à notre programme de publication.

Éditions du Phœnix bénéficie également du Programme de
crédit d'impôts pour l'édition de livres – Gestion SODEC – du
gouvernement du Québec.

Marc Couture

Bruno
et la malédiction

Éditions du Phœnix

Du même auteur chez Phœnix :

La médaille perdue,
coll. Œil-de-chat, 2006.

Une épouvantable saison,
coll. Œil-de-chat, 2008.

La coupe Stanley,
coll. Oiseau-mouche, 2009.

La magie de la coupe Stanley,
coll. Oiseau-mouche, 2012.

Le retour de Bruno,
coll. Œil-de-chat, 2010.

La transformation de Bruno,
coll. Œil-de-chat, 2011.

*À ma mère
qui aurait aimé me lire.*

Chapitre 1

Une lettre inattendue

Micro-informatique, plein air, arts, sciences, le passage au secondaire m'offre de nombreux choix. Trop. Toutes ces possibilités dans les domaines de formation différents me donnent mal à la tête. Mon père veut que je m'inscrive au programme régulier, mais ma mère voudrait bien que j'accède à un programme spécialisé. Moi, mon rêve, c'est sport-études. Par contre, je ne me fais aucune illusion sur mes chances de réussites. C'est simplement impossible : tous les responsables n'acceptent que les premiers de classe, les meilleurs élèves ! Je ne fais pas partie de cette catégorie ! Mon parcours scolaire a été trop semé d'embûches. Seuls les « bolés » peuvent s'inscrire à l'école de leur choix. Les autres, tous ceux qui ont des difficultés scolaires comme moi, vont à la polyvalente de leur quartier.

— Dépêche-toi, lance ma mère de la cuisine. Sinon, tu seras en retard pour ton examen d'entrée !

— Oui, oui, maman, j'arrive.

Je dois tout de même essayer de le faire, puisque je n'ai rien à perdre, à part ma fierté ; de toute façon, ça fait plaisir à ma mère. Un seul examen à passer. Trois petites heures qui détermineront mon passage au secondaire ! Je suis nerveux, même si je connais le résultat d'avance. Refus... évidemment !

— Je n'irai jamais dans l'un de ces programmes spécialisés. Je le sais.

Mais mon amour pour le hockey est plus fort que tout. Je ferai donc ce test et je donnerai le meilleur de moi-même. Je dois tenter ma chance.

— Ça te fera au moins une bonne révision, m'explique chaque fois mon père.

À l'école, la direction a été claire : seuls les meilleurs joueurs de la ligue sont acceptés dans le programme sport-études hockey sur glace. Et ne seront admis que ceux qui performent dans la catégorie des doubles lettres, ce qui est loin d'être mon cas. Même si j'ai fait d'énormes progrès tant sur la glace qu'à l'école, ce ne sera pas suffisant.

Assis sur la banquette arrière de la voiture, j'ai le pied droit qui tambourine le plancher et les genoux qui sautillent durant tout le trajet. J'ai chaud, je respire mal. Ma mère m'encourage, comme d'habitude, et m'inonde de paroles apaisantes. Mon cerveau enregistre à peine ce qu'elle dit. Mon père, lui, conduit en silence.

Clin d'œil en coin, il me regarde pénétrer à l'intérieur de l'école. J'entre dans la salle d'examen et le surveillant me tend le questionnaire. Je le saisis d'une main moite. J'aperçois un pupitre libre et je m'effondre sur la chaise. Mon cœur bat à tout rompre. Doucement, il cesse de galoper. Je jette un premier coup d'œil sur les questions. Suit une série de questions à choix multiples. Le contenu me donne soudainement du courage. Déterminé à réussir cet examen, je m'y attaque sans tarder.

Après avoir passé quelques heures à me creuser les méninges, je saute dans l'autobus pour retourner à la maison.

— Et puis ? demande ma mère, dès que je mets les pieds dans la cuisine.

— C'est difficile à dire. Je ne sais pas...

En tournant les talons, je lance :

— Je vais me changer !

J'enlève mon t-shirt, car il est défraîchi. Étendu sur mon lit, je pense à l'examen. J'ai tout fait pour le réussir ! Je tente de me convaincre que tout n'est pas perdu. Mon rêve peut encore se concrétiser : jouer au hockey pendant les heures de classe... Ce serait merveilleux ! Hockey compétitif, tournois, honneur, esprit d'équipe, voyages...

Malgré tous mes efforts, le doute persiste.

***

Avec nervosité, j'attends la lettre qui ne tardera pas à confirmer mes soupçons ; ce n'est qu'une question de temps ! Toutefois, je me concentre sur les points positifs de cette expérience. Le fait de m'être engagé dans cette révision de matières m'aidera en première secondaire, peu importe l'établissement que je fréquenterai. Presque tous mes camarades de classe ont fait le test, comme si aller au programme régulier constituait un échec monumental. Si je suis choisi, j'espère ne pas perdre le peu d'amis que je me suis fait.

Je ne veux pas me retrouver seul! Et voilà, je désespère encore!

Maman me voit ressasser les mêmes sombres pensées. « Tu te feras de nouveaux amis, ne t'inquiète pas », répète-t-elle. Je n'y peux rien : je m'inquiète tout de même! Des brutes, il y en a toujours eu sur ma route. Pourquoi serait-ce différent l'année prochaine? Autant j'ai détesté mon école primaire, autant je me fais du souci pour mon passage au secondaire. Voilà pourquoi je tiens à entrer dans l'un de ces programmes spécialisés. Car au régulier, nous craignons tous de rencontrer les durs de la cinquième année du secondaire, de nous faire tabasser dans les corridors ou de nous faire enfermer dans notre propre casier. Mes amis, eux, sont même effrayés à l'idée d'aller aux toilettes. Des histoires horribles circulent. Comme de nouveaux élèves retrouvés la tête dans la cuvette, par exemple...

Cette lettre tant attendue est finalement arrivée. J'hésite à l'ouvrir. Mes doigts tremblent légèrement. Je me décide enfin à la décacheter et à la lire... Un seul mot retient mon attention : refus. Je jette la lettre de côté et regarde ma mère. Toute fébrile de connaître la réponse, elle la devine rien qu'à voir mon regard éteint. Ses épaules s'affaissent, mais elle se force à sourire.

— Ne te décourage pas, dit-elle, tout ira bien au secondaire.

Pour me distraire, elle s'exclame :

— Regarde, tu as reçu une deuxième lettre.

Je ne comprends rien de rien. Une deuxième lettre ? Je la prends d'une main pendante. Le regard inquisiteur de ma mère montre qu'elle est beaucoup plus curieuse que moi.

L'enveloppe porte un sceau officiel. J'examine le coin supérieur gauche : Académie de la Seigneurie de l'Outaouais. Ce titre éveille tout à coup mon intérêt. Je n'ouvre pas l'enveloppe, mais la déchire et en sors l'unique feuille de papier qu'elle contient.

Lis-la à voix haute, au moins, me presse ma mère.

Je m'exécute.

Cher Bruno,

Nos entraîneurs de l'Académie de la Seigneurie de l'Outaouais ont remarqué tes prouesses au hockey lors des finales de ta dernière saison, ainsi que ton engagement communautaire pour la prévention de l'intimidation dans les écoles. En conséquence, nous voudrions t'offrir un séjour d'études dans notre établissement scolaire...

J'arrête subitement de lire. Ai-je la berlue, ou quoi? On m'offre une place dans une école privée, dans un programme sport-études? Mes mains tremblotent. Je lance un regard incrédule à ma mère. Elle m'incite à poursuivre ma lecture.

Tu devras maintenir une moyenne de notes générales acceptable pour poursuivre tes études...

Tes parents...

Je poursuis le reste par bribes tant je suis excité!

Nous avons hâte d'avoir...

Cordialement,
L'Académie de la Seigneurie
de l'Outaouais.

Je saute de joie et je laisse virevolter la lettre ; ma mère l'attrape tout de suite. Elle la relit lentement et fronce les sourcils. Comment ? Déjà un problème ! Ma tête bouillonne subitement.

— Nous devons en parler à ton père, dit-elle enfin.

Oh ! oh ! Je connais ce regard...

— Un pensionnat ? Ça veut dire, dormir là-bas ? Ça, jamais !

— Mais réfléchis un peu. C'est tout un honneur qu'ils te font, dit mon père. Et puis, un pensionnat, c'est comme aller au camp de vacances.

— Oui mais, avec quel argent ?

— Ils offrent peut-être des bourses ? réplique ma mère, peu convaincue. Nous sommes si heureux pour toi ! Ne t'inquiète pas pour l'argent, ce sont des questions d'adulte.

— Allons voir cette fameuse école sur Internet, propose mon père, toujours aussi pragmatique.

Je m'empresse d'ouvrir l'ordinateur, car l'excitation m'envahit malgré tout.

Nous sommes tous les trois agglutinés devant le minuscule écran où paraît en grosses lettres : Académie de la Seigneurie de l'Outaouais. Mes yeux parcourent rapidement les phrases qui s'affichent.

Le collège offre toute une gamme de services adaptés...

Plusieurs équipes sportives sont...

La qualité de l'enseignement...

Je fais défiler les pages à toute vitesse. Je m'attarde aux photographies. Au centre d'un immense terrain surgit un très vieil édifice, coiffé d'un clocher en or. La brochure électronique met en évidence les terrains de soccer et de tennis. Les grands bâtiments de briques rouges m'impressionnent. Les jeunes élèves portent un uniforme, et ils sourient tous. Cela me rassure un peu. Mes parents sont enchantés de leur visite virtuelle. Quant à moi, j'ai un choix déchirant à faire : dois-je suivre mes amis à l'école secondaire de mon quartier... ou tenter ma chance au collège privé ?

Chapitre deux

Une nouvelle vie

Après d'interminables discussions, nous avons décidé que j'irais dans un collège privé et que je fréquenterais le pensionnat. Dois-je me réjouir ou m'attrister? Je n'en sais rien, mais j'ai la désagréable impression d'être abandonné par mes parents.

Une fois mes valises bouclées, c'est le grand départ.

Cela fait quelques heures que nous sommes partis. Comme toujours, mon père conduit prudemment, presque doucement. Nous finissons tout de même par arriver, car nous nous engageons sur le domaine du collège. Les bâtiments ressemblent en tout point aux photos que nous avons vues sur le Web. L'auto avance lentement vers sa destination et vers mon destin. Des milliers de papillons volettent dans mon ventre et me donnent le tournis.

— Papa, arrête, je vais vomir.

La voiture est à peine immobilisée que j'ouvre la portière ; je régurgite sur-le-champ mon déjeuner, accompagné de ma peur et de mon angoisse. Mon père sort du véhicule et s'approche pour me donner un mouchoir. Je m'essuie la bouche. Il me gratifie ensuite d'une bonne tape dans le dos. « Sois fort, mon gars », me dit-il.

Mon regard scrute les alentours. J'aurais tellement eu honte d'être vu ainsi.

— Allons, Bruno, remonte à bord et continuons la visite du collège, lance une voix enthousiaste dans mon dos.

Ma mère est plus excitée que moi. Je suis triste et je refoule mes larmes. Lorsque je reprends place sur la banquette arrière, la voiture vrombit d'un air moqueur. Après avoir roulé un moment sur cette route chaotique – une image certainement de ce qui m'attend dans ce collège ! –, mon père s'arrête de nouveau. Le parc de stationnement est plein à craquer. Tous les nouveaux de première secondaire semblent s'être passé le mot pour arriver en même temps. Un comité d'accueil nous attend.

Un grand garçon m'interpelle.

— Bonjour, Bruno, me dit-il.

Quoi! Il connaît mon nom, lui! Je suis alarmé, mes jambes sont molles. Comme si mon corps tout entier voulait cesser de me supporter. Je hoche la tête.

— Sa... Salut.

— Tu es surpris, n'est-ce pas?

— Évidemment! C'est la première fois que je mets les pieds ici, et tu sais qui je suis. Comment est-ce possible?

— Il n'y a que six cents élèves ici. Nous nous connaissons tous. Alors les petits nouveaux, ceux qui arrivent en première année, sont faciles à reconnaître. La secrétaire m'a donné ta fiche d'inscription ainsi qu'une photo. Je m'appelle Sylvain, et je suis ici pour t'aider aujourd'hui. Je vais faciliter ton entrée au collège. Ne te gêne pas pour me poser des questions, si tu en as. Tu es nerveux, hein? C'est normal. Ne t'inquiète pas, nous étions tous comme toi à notre arrivée. Toi et tes parents, vous êtes invités à prendre un goûter de bienvenue. Mais avant, je vais te conduire à ta chambre, où tu pourras déposer tes valises et tes effets personnels. Allez, dépêche-toi, me dit-il. Je vais te faire visiter.

Tout en marchant dans un dédale de corridors, il me raconte plein d'anecdotes. Ceci est arrivé ici, cela s'est produit là-bas, fais attention à monsieur Leblanc, le professeur de français, et ainsi de suite.

— Alors, tu vas jouer avec les Blizzards, n'est-ce pas ? Tu dois être un peu fou, inconscient ou extrêmement courageux. En tout cas, bravo !

— Hein ? Quoi ? Que veux-tu dire ?

— Oups, j'en ai déjà trop dit.

Je reste sans voix.

— Laisse-moi prendre ton sac de hockey, fait-il.

— Mer... merci.

C'est tout ce que je trouve à répondre. Des dizaines de questions tourbillonnent dans ma tête. Que voulait-il dire, au juste ? Sa déclaration au sujet de l'équipe collégiale sous-entendait quelque chose d'important, mais quoi ? Y aurait-il des joueurs implacables et arrogants ? Je grogne. Comment ai-je bien pu me laisser convaincre de venir ici ?

Sylvain presse le pas, comme pour me faire oublier son lapsus. Finalement, après avoir monté des escaliers et emprunté plusieurs corridors, nous arrivons aux dortoirs. À la vue de cette chambre microscopique et désolante, mon cœur veut sortir de ma poitrine. Je suis subitement angoissé. Je fais un effort surhumain pour ne pas dégurgiter une deuxième fois.

— Tu rencontreras ton camarade de chambre tout à heure.

Il avait prononcé ces paroles comme s'il s'agissait d'un fait banal. Qu'a-t-il donc dans la tête ? Je n'ai jamais partagé ma chambre, moi ! J'essaie d'entamer une conversation.

— Nous pourrons peut-être devenir amis lui dis-je nerveusement.

Il me regarde, et hausse les sourcils.

— Tu ne resteras pas ici assez longtemps, rétorque-t-il avec conviction, mais sans méchanceté.

— Que, qui, quoi ? Mais que veux-tu dire ?

— Allez, dépose tes affaires et dépêche-toi, nous avons une réception. J'ai attendu toute la journée pour ça ! À moi, maintenant, les petits gâteaux et les boissons gazeuses.

Résigné, je dépose mes bagages tout près d'une commode au vernis écaillé ; je jette un regard circulaire dans ce minuscule endroit où je vais passer les cinq prochaines années de ma vie. La gorge serrée, j'observe le lit suspendu. Dois-je choisir le lit du haut ou celui du bas ? Un tapis moelleux est posé sur le sol, où s'agitent les rayons du soleil. L'unique fenêtre de la chambre donne sur le superbe terrain de foot encerclé par des arbres immenses. Tout est si beau, si vert.

— Qu'est-ce que tu attends ? On n'a pas toute la journée. Allez, suis-moi.

La voix agacée de Sylvain m'a tiré de ma contemplation. Il part à la course. Je dois le suivre, sinon je ne retrouverai jamais le chemin tout seul.

Tu parles d'une réception ! Des adieux aux parents qui abandonnent leurs progénitures, voilà tout ! Rien de toutes ces festivités ne me réjouit. Ni les gâteries ni les sucreries n'arrivent à apaiser les milliers de papillons qui ont repris leur danse folle dans mon ventre. Les nausées me reprennent. Je dois me ressaisir. Personne ici ne me connaît. Personne ici ne sait que j'avais – et j'insiste – un problème d'élocution. Et personne ne sait et ne saura que j'ai souffert d'intimidation. Une nouvelle vie s'ouvre devant moi. Une autre chance. Si je pouvais seulement l'envisager avec courage...

Et cette boule dans ma gorge qui refuse de me quitter lorsque je pense à ma maman qui partira bientôt. Et ces discours qui n'en finissent plus.

Vivement que tout soit maintenant terminé !

Chapitre 3

De nouveaux amis

Après la cérémonie des adieux, après un souper où je n'ai pu avaler une seule bouchée et après une courte nuit de sommeil mouvementé, on vient frapper à ma porte à 6 h 30. C'est un peu tôt, considérant que mon camarade de chambre s'est pointé le nez vers minuit. La route a été plus longue pour lui, semble-t-il. Il n'est même pas désolé de m'avoir réveillé. Il s'est effondré sur son lit sans me dire bonne nuit. Il doit avoir l'habitude de quitter ses parents. Moi, je me suis endormi en pleurant. Je n'ai jamais passé plus d'une nuit à l'extérieur de chez moi, excepté au réveillon de Noël chez mon grand-père. Un jour, j'ai été invité à une fête d'enfants. On s'était bien amusés, mais le soir venu, au moment d'aller au lit, j'ai été incapable de rester. Comme un bébé, j'ai téléphoné à mon père, le suppliant de venir me chercher. Il faut dire que j'étais encore jeune.

— On devra faire un homme de toi! avait dit mon père dans la voiture.

C'était avant que le hockey n'entre dans ma vie. Depuis, j'ai beaucoup changé. J'ai abandonné ma fragilité, je suis devenu un « homme ».

Mais hier soir, je m'ennuyais de maman.

Sylvain, mon nouvel ami, frappe à la porte ; sans gêne, il l'ouvre pour nous souhaiter une belle journée.

— Dépêchez-vous, bande de fainéants, si vous ne voulez pas rater le déjeuner!

Je ne me fais pas prier. Je suis affamé! Mon estomac gargouille, me rappelant cruellement ce déjeuner abandonné au bord de la route et mon manque d'effort pour combler le creux que je ressens en ce moment.

Après un repas composé d'œufs, de pains grillés, de fruits et de yogourt, nous sommes tous invités à l'extérieur pour une journée brise-glace. Jeux divers, activités sportives, plaisanteries..., l'occasion rêvée pour faire connaissance avec les autres élèves de ce beau et grand collège.

Tout est mis en place pour favoriser les échanges entre les groupes. Mais moi, c'est surtout mon équipe de hockey que je veux rencontrer. Après tout, c'est l'unique raison de ma présence ici. Je m'amuse à imaginer mon nouvel entraîneur. Comment agira-t-il ? Pas comme Jean le mécréant, ça c'est certain. J'aimerais avoir quelqu'un de juste, d'équitable, et surtout de compétent. Voilà ! C'est simple, non ?

Après quelques activités pour justement casser la glace, un coup de sifflet déchire l'air. C'est l'heure où les élèves doivent se regrouper selon leurs classes respectives. Cet établissement offre en fait tous les programmes des autres écoles : musique, arts dramatiques, micro-informatiques... Mais moi, j'ai finalement le programme sport-études hockey sur glace que je désirais tant.

***

Enfin, le jour de la rentrée est terminé. Tous ces jeux pour permettre les rencontres ne sont pas pour moi. Je suis trop timide. Aussi, le fait de voir les enseignants – des adultes – se ridiculiser m'ennuie. Ils font des bouffonneries qui ne me semblent pas convenables pour des professeurs de secondaire. Et si c'était leur seule journée pour s'amuser...

Je reçois mon horaire. J'ai plusieurs cours, mais les rotations sont minimes. Ce sont les professeurs qui changent de locaux. Pour ma première période, je dois me rendre à l'aréna. J'espère qu'on commencera par les séances d'entraînement : j'ai hâte de chausser mes patins !

Le centre sportif est facile à trouver. C'est le bâtiment le plus éloigné de l'école. Même s'il n'est pas nouveau, tout semble propre et moderne. En y posant les pieds, je frissonne malgré moi : le froid glacial qui y règne me surprend toujours. Nous sommes quinze nouveaux garçons réunis à l'entrée, à attendre patiemment.

— Où est donc notre entraîneur ? demande un des garçons, qui semble s'impatienter de plus en plus.

Aucune réponse. Nous nous regardons tous, mal à l'aise. Puis, un à un, nous prenons d'assaut les estrades. Personne n'ose se rendre dans un des vestiaires, encore moins enfiler son équipement. Nous nous contentons d'échanger des sourires timides et des coups d'œil. Si nous étions tous présents pour participer aux activités d'accueil, le changement de contexte semble nous avoir refroidis depuis. Mais je sais que l'esprit de camaraderie s'installera dès que nous sauterons sur la patinoire. Car nous devrons former une équipe. Nous attendons encore longtemps. De toute évidence, personne ne viendra. Le long silence devient embarrassant.

C'est à ce moment que Charles se présente. Il se lève et lance joyeusement :

— Allô tout le monde ! Moi, c'est Charles ! Si nous ne jouons pas au hockey, je préfère aller manger ; j'ai une faim de loup. Qui m'accompagne ?

Un à un, nous nous levons et quittons l'aréna, car nous avons tous l'estomac affamé. Toutefois, tout le monde se pose la question : l'entraîneur prenait-il à la légère son premier cours ? Car les élèves, eux, devaient respecter l'interminable liste de règlements remise par le directeur. D'autres classes débuteront bientôt. Les enseignants se déguiseront-ils eux aussi en courant d'air ? J'espère que non... Mes coéquipiers déposent tour à tour leur sac dans le vestiaire. J'hésite à faire de même. Je pense à la fois où on avait mis de la colle dans mon casque et de la poudre à gratter dans mon équipement, et cela me redonne des frissons. Tant pis, je prends le risque ! J'abandonne mon sac à mon tour. À la cafétéria, mes nouveaux compagnons et moi faisons connaissance. Le plus dynamique est bien sûr Charles. Il rit tout le temps, ce qui laisse paraître ses dents blanches, mais un peu mal rangées ; il fait aussi un grand nombre de pitreries pour nous amuser. Le clown de la classe, quoi ! Ses longs cheveux bruns sont ébouriffés. On dirait qu'ils n'ont jamais rencontré de brosse, et encore moins de ciseaux. La bouche pleine, il nous raconte des blagues pas toujours drôles. Mais son rire est si contagieux que tout le monde finit par s'esclaffer avec lui.

Je fais ensuite la connaissance de Marco. Il est tout le contraire de Charles. Grand, élancé et maigre comme un échalas ! On dirait qu'il va casser à tout moment. De plus, il est terriblement timide. Il serait peut-être plus à l'aise dans une équipe de basket ! D'un autre côté, sa taille lui donnera un net avantage sur la glace. Avec lui comme défenseurs, les joueurs de l'équipe adverse auront peur d'aller chercher la rondelle dans les coins.

Mais le plus intéressant du groupe, c'est Putulik ! Grand, trapu, gros, même. Il a des muscles gros comme des poids lourds. Par contre, j'ai du mal à saisir son accent. Normal, il vient du Grand Nord : Kuujjuaq. Sa langue est l'inuktitut. Les cheveux de Putulik sont noirs, lisses et très longs ; d'ailleurs, il doit les attacher en queue de cheval.

Cela se voit que les estomacs se sont remplis ; ou plutôt, cela s'entend, car tout le monde se met à parler en même temps. On veut tout savoir : sur nos écoles primaires respectives, sur nos joueurs favoris. L'ambiance est agréable, jusqu'à ce qu'un grand imbécile vienne la troubler.

— Hé l'Esquimau ? Tu ne bois pas de lait toi, n'est-ce pas ?

Ce sans-gêne n'attendait pas nécessairement de réponse à sa question. Il s'étire le bras et s'approprie le berlingot de lait de Putulik. Stupéfait, je le regarde agir. Je m'attends à une réaction de la part de Putulik. Non, rien. Je lui dis :

— Tu le laisses faire ?

Il se contente de hausser les épaules. Mes yeux se tournent vers Charles et Marco. Ils ont bien vu, eux aussi. Vont-ils réagir ? L'expression de Charles semble dire : « Que veux-tu que je fasse ? Je n'y peux rien. » Marco baisse les yeux, mal à l'aise.

Non, mais... Voilà tous les signes flagrants d'intimidation ! Je les connais trop bien pour ne pas les distinguer. Mes nouveaux amis souffrent déjà du syndrome de la victime. On doit tout de suite y mettre un terme, avant que la situation n'empire. Je me lève, furieux. J'ai horreur des tyrans. Pas ici ! Pas dans cette nouvelle école ! Pas à l'un de mes amis ! Putulik est sûrement capable de se défendre, mais je vois bien qu'il n'en fera rien. Moi, j'en ai vu d'autres ! Je contourne la table, et je rejoins l'énergumène. Du haut de mon mètre soixante, je le foudroie du regard. Il est assis, ce qui me donne l'avantage de paraître plus grand. Je lui reprends le berlingot de lait en m'allongeant le bras. Il me frappe l'avant-bras, ce qui me fait renverser un peu de substance laiteuse sur lui.

— C'est... c'est... c'est le lait de Putulik !

J'ai crié plus fort que je ne voulais. Je suis nerveux et en colère.

— Mêle-toi de tes affaires, minus ! Tu te prends pour qui ?

Sur ces mots, il me repousse.

À l'aide de ma main gauche, je ramène ses joues ensemble, qui forment un bec ouvert, et j'y déverse rapidement le liquide blanc. Il s'étouffe et le lait coule le long de son cou.

— Il n'est pas esquimau, il... il... il est inuit ! Ce n'est pas pareil. Son nom est Pu-tu-lik !

Je le dis lentement pour ne pas bégayer.

Et je rajoute :

— Le mien, c'est Bruno ! Tu ferais mieux de t'en souvenir, car si tu touches encore à un de mes amis, tu... tu... tu auras à faire à moi !

Je plaque mes mains sur ses épaules et j'y enfonce mes doigts tout en le poussant vers l'arrière. Sa chaise tombe à la renverse. Tant pis pour lui. Lorsqu'il parvient à se relever, ses yeux exorbités me fixent d'un air ahuri. Encore furieux, mais fier de moi, je tourne les talons, sous les éclats de rire de ses amis. Je reçois de longs applaudissements de la part de nombreux élèves de la cafétéria. Apparemment, cet énergumène n'en était pas à sa première victime. Je me rassois d'un air résolu devant Putulik.

— Merci, dit-il, mais ce n'était pas nécessaire.

Je le regarde et hausse les épaules à mon tour. S'il savait à quel point une situation peut dégénérer à la suite d'un affront laissé impuni, il ne dirait pas ça. Il faut toujours se défendre. Moi, je l'ai appris à mes dépens. On ne doit jamais devenir une victime… Il faut toujours réagir à un acte agressif ou dégradant, et immédiatement. Et envoyer un message clair à ses bourreaux qu'on ne les laissera pas faire à leur guise. J'espère que ce bourreau l'a compris !

Le reste de la journée se déroule sans encombre. L'école à son meilleur, c'est-à-dire lente et ennuyeuse. Le soir venu, je me rends au salon et rencontre à nouveau Sylvain. Il me sourit et me fait signe de m'approcher. Il me présente quelques-uns de ses amis. Certains étaient à l'aréna avec moi ce matin. Charles, Putulik et Marco sont également là.

— Salut Bruno.

— Sa… sa… salut !

— Hé, Sylvain, tu savais que notre entraîneur ne s'était pas présenté pour nous rencontrer ? Aurait-il oublié notre première séance d'entraînement ?

Cette nouvelle ne surprend pas Sylvain, mais un soupir s'échappe de ses lèvres.

— Vous ne savez pas…, nous explique-t-il, les Blizzards ont…

Puis il fait une longue pause. Nous le fixons si intensément du regard qu'il en semble presque gêné. Il nous observe, ne sachant pas s'il doit continuer ou non. Je ne comprends pas son hésitation.

— Écoutez, reprit-il, ce n'est pas à moi de vous raconter tout ça. C'est le travail de votre entraîneur. Ou encore, celui du directeur du collège.

Rien que ça! s'exclame un des garçons, bien calé dans son fauteuil.

Justement, poursuit Marco, il n'est pas venu, l'entraîneur.

Allez, sois gentil, raconte-nous, le supplie-t-on en chœur.

Bon, d'accord. Mais vous n'allez pas me croire. Comme je le disais, les Blizzards, votre équipe de hockey, ont subi, comment dirais-je..., plusieurs mésaventures récemment.

Nous le regardons tous, l'air ahuri. Notre réaction freine à nouveau son élan.

— Je ne devrais vraiment pas...

— Allez, ne nous fais pas languir.

— Il le fait exprès, pour augmenter notre intérêt, déclare l'un de ses amis en ricanant. C'est un compteur-né.

Mais Sylvain ne semble pas s'amuser du tout.

— Bon, je vais droit au but : vous, les premières années de secondaire, êtes les seuls joueurs de hockey des Blizzards.

— Comment ? fait Charles, étonné.

— Que veux-tu dire ? Explique-toi, dit Marco.

— Eh bien, le hockey a presque été éliminé du curriculum de l'école... après une série d'incidents malencontreux.

— Bon, très drôle ; arrête, tu nous fais marcher !

— Non, non, c'est vrai, insiste-t-il. C'est pour cela que je ne voulais rien dire. Je savais que vous ne me croiriez pas. Comme je vous l'ai dit, ce n'est pas à moi de...

Nous le pressons de continuer son récit.

— Vous l'aurez voulu, affirme-t-il. L'aréna, ou devrais-je dire l'école entière, est sous l'emprise d'une terrible malédiction !

Un silence envahit la salle. Devrait-on rire ou le prendre au sérieux ?

— Une malédiction ? interroge Charles, dubitatif. Alors moi, je suis l'incarnation de Charlemagne !

Tout le monde s'esclaffe. La blague diminue la tension du groupe. L'histoire de Sylvain n'a aucun sens. La magie et les mauvais sorts n'existent pas, voyons. Il ne peut pas réellement croire de telles absurdités. Je me mêle un peu aux plaisanteries de mes camarades, mais je me tais bientôt en constatant que Sylvain demeure de glace. Ses lèvres sont vraiment pincées, et il nous foudroie du regard.

— Riez tant que vous voulez, crache-t-il avec amertume. Vous finirez bien par accepter la vérité. Tous les autres ont quitté le collège ou changé d'orientation scolaire. Je suis surpris que vous n'ayez jamais entendu parler de cette incroyable malédiction qui afflige le collège ! Il n'y a plus de hockey senior, il n'y a plus de partie intercollégiale, il n'y a plus de joueurs, et aujourd'hui il n'y avait pas d'entraîneur !

— Ben voyons, s'indigne Marco.

— Mais que s'est-il passé ?

— Toute une série d'incidents que je n'ose vous raconter. Personne, ici à l'école, n'en parle, de peur que leur discipline sportive n'en soit aussi frappée. Nous craignons tous que le hockey soit condamné au malheur. D'ailleurs, j'en ai peut-être déjà trop dit. Ça suffit ! Je m'en vais.

Sur ce, il se lève et quitte le salon, nous laissant dans la confusion la plus totale. Nous échangeons des regards embarrassés. Malédiction... Fuite des joueurs... Disparition de l'entraîneur... Peur de contamination... À quoi tout ce charabia rime-t-il ? Un doute germe dans nos esprits. Et s'il disait vrai ? Quelques-uns d'entre nous se mettent à rire, dissipant aussitôt la question. Marco s'écrie : « Foutaise, tout ça ! » Et tous reprennent leurs futiles bavardages. Moi, je fixe la porte par laquelle Sylvain est sorti. L'expression de terreur peinte sur son visage me hante... Et malgré le scepticisme de mon équipe, je m'inquiète.

Chapitre 4

Enfin sur la glace

6 h 30, le réveil sonne. Une autre nuit de sommeil mouvementé. Normal, me dis-je, après cette histoire incroyable.

J'engloutis mon déjeuner en compagnie d'élèves que je ne connais pas, car je n'arrive pas à trouver mon équipe ; je prends ensuite la direction de l'aréna pour une deuxième tentative d'entraînement. Je revois les mêmes visages familiers de la veille. Heureusement, cette fois-ci, nous sommes accueillis par notre entraîneur.

— Les garçons, s'exclame-t-il d'une voix ferme et autoritaire.

Il attend ensuite que nous soyons tous assis et silencieux.

— Je m'appelle Shane et je serai votre entraîneur pour cette saison. Je m'excuse pour hier. J'ai eu un léger contretemps, soyez assurés que ça ne se reproduira plus, du moins je l'espère.

Il poursuit avec l'habituelle feuille de présence, clamant le nom de chaque joueur avec la monotonie d'un carillon. Puis nous avons droit au fameux discours de présentation grandiloquent : explications diverses, règlements, attentes personnelles, récit de son expérience, etc.

— L'un de vous a-t-il une question ? demande-t-il, au terme de son monologue.

— Shane, dit Marco, on nous a raconté une étrange histoire hier, pourrais-tu nous expliquer...

— Je t'arrête tout de suite, le coupe-t-il sur un ton péremptoire. Ce n'est pas le moment pour engager cette conversation. Je vous expliquerai tout en détail, en temps et lieu. Pour l'instant, n'écoutez pas ces rumeurs. Vous avez tous été choisis pour vos habiletés exceptionnelles sur la glace et, pour l'instant, c'est tout ce qui importe. Montrez-moi ce dont vous êtes capables. Début de l'échauffement dans dix minutes, et on se dépêche !

Quel bonheur de se retrouver enfin sur la patinoire ! Le temps d'une courte mais épuisante séance d'entraînement, nous apprenons à mieux connaître les forces de chacun. Je suis tout de même surpris. Chaque fois qu'un joueur pose une question, Shane détourne la conversation ; il ne veut rien mentionner au sujet de cette malédiction, qui semble tabou pour lui. Cette pensée me fait sourire. Par contre, le rituel d'initiation que subissent tous les nouveaux venus ne tardera sûrement pas à se dérouler !

Bien que nous soyons en début de saison et d'année scolaire, un premier match est déjà à l'horaire cette semaine. Malgré nos deux rencontres précédentes, nous nous connaissons à peine. Les trios ne sont pas vraiment établis, mais ces détails n'effraient pas notre entraîneur. Celui-ci nous assure même que le meilleur moyen pour bien se connaître et pour former une équipe, c'est encore de se mesurer à son adversaire.

Lors de notre première rencontre à domicile, nous affrontons les Seigneurs, justement. Une équipe ayant la réputation d'être des joueurs coriaces et de ne pas avoir froid aux yeux. Nous avons intérêt à nous connaître rapidement, me dis-je, car aucun joueur de deuxième année ne fait partie des Blizzards. Juste à cette pensée, je reste figé. Je n'avais jamais pris conscience de ce détail. C'est vrai, je n'ai croisé aucun hockeyeur de deuxième ou de troisième année depuis le début des classes. Pourquoi? Sylvain aurait-il raison? Ont-ils réellement tous déserté le collège? Je chasse rapidement cette idée de mon esprit. Inutile de m'inquiéter quelques minutes avant le début du match.

***

Sur la glace, les Seigneurs prennent rapidement le contrôle de la rondelle. Notre jeu est désorganisé et la fatigue nous gagne assez vite. Bientôt, nous serons à bout de force. Nous tentons désespérément d'être disciplinés. Au hockey, connaître les réactions de son coéquipier est primordial ; or, nous ratons nos passes et nos tirs au but sont faibles. Nous avons du pain sur la planche! Nos adversaires, quant à eux, semblent infatigables. Ils inscrivent une série de buts l'un à la suite de l'autre. Putulik, notre gardien, semble dépassé par les évènements. Nous sommes incapables de conserver le disque. Trop souvent, nous manquons l'occasion de marquer.

Au début de la deuxième période, quelque chose d'incroyable se produit. Une buée enveloppante flotte dans tout l'aréna. Nous voyons à peine les estrades. Nous nous regardons, perplexes. Nos regards croisent ceux des arbitres, qui haussent les épaules. Comme il reste peu de spectateurs, l'échec sera moins humiliant pour nous. Car on va se faire massacrer par nos adversaires. Nous tentons de commencer notre échauffement obligatoire, mais patiner devient rapidement impossible. La glace fond ! Dépités, nous nous regroupons autour du banc. Les entraîneurs discutent avec les arbitres. Puis le verdict tombe : le jeu est annulé. La cause : bris d'équipement.

Nous nous réjouissons tout de même de l'issue de ce match. Nous n'avons certes pas perdu de points, mais nous n'avons joué qu'une seule période lors de cette première rencontre, et ça, c'est décevant.

Des lettres rouges apparaissent sur le tableau d'affichage. Tous les regards se fixent sur l'appareil. L'un des joueurs pousse une exclamation de surprise. Au travers de l'épais brouillard, on distingue un mot, écrit en lettres majuscules...

MAL

De retour au vestiaire, nous entendons Shane discuter avec l'aide-soignant. Tous les deux débattent, à voix basse, comme s'ils voulaient nous cacher quelque chose. Parlent-ils de la fameuse malédiction ? Que veulent dire ces trois lettres : MAL ? Est-ce un indice ? Un message quelconque ? Pourquoi sont-elles apparues comme ça à l'écran ? Était-ce vraiment un bris d'équipement ?

Chapitre 5

Le MAL

— M, A, L, tu sais ce que ces lettres signifient?

— Non, oui, peut-être, répond Sylvain. Je te l'ai déjà dit : ce n'est pas à moi à te raconter cette histoire. Demande à Shane, ton entraîneur.

— Mais qu'est-il arrivé de si terrible? Pourquoi tant de mystère?

Je le questionne sans cesse. Je tiens absolument à obtenir des réponses.

— Je ne lâcherai pas le morceau, lui dis-je, en croisant fermement les bras. Mon année scolaire et ma saison de hockey sont en jeu.

Sylvain se mord les lèvres, jette un coup d'œil aux alentours pour s'assurer que personne ne peut l'entendre et se penche vers moi.

— Bon, alors écoute, murmure-t-il. Tout a commencé l'an dernier, en début d'année. Lors d'une partie qui s'annonçait bien normale, un joueur est tombé sur la glace. Pris de convulsions, il se tortillait et il cognait sa tête sur la glace. Personne ne savait quoi faire. Nous avons su par après qu'il souffrait du grand MAL. Une forme d'épilepsie. Depuis cet incident, les lettres MAL apparaissent ici et là où les Blizzards jouent au hockey. Certains disent qu'il s'agit d'une coïncidence, d'autres...

Il arrête subitement son récit et inspecte de nouveau les alentours ; il frissonne, comme s'il craignait que le rappel de cette mésaventure ne déclenche une catastrophe. Moi, je me tortille d'impatience sur ma chaise.

— Et le garçon ? Que lui est-il arrivé ?

Après un court silence, Sylvain se cale dans le fauteuil, serre les poings et poursuit d'une voix grave :

— Ils l'ont déclaré mort à l'hôpital !

— Mort ? Tu me fais marcher. On ne meurt pas d'une crise d'épilepsie !

— Certains disent que son fantôme erre dans le collège, ajoute mon ami sans se préoccuper de mon intervention, et qu'il hante les joueurs de hockey. Depuis, toute une série d'incidents et d'accidents inexplicables se sont produit. Les joueurs seniors de l'équipe des Blizzards ont abandonné l'équipe les uns après les autres. Certains ont eu tellement peur qu'ils ont quitté le collège.

Je n'en crois pas mes oreilles. C'est affreux, cette histoire! Mais soudain, une pensée me traverse l'esprit et je souris franchement.

— Ah, j'ai compris! C'est une initiation, n'est-ce pas? Tu me racontes tout ça pour m'effrayer. Très drôle!

— Non, non, je te le jure. C'est très sérieux. Ne prends pas ça à la légère.

Sylvain me nargue, j'en suis certain. Fatigué de cette anecdote invraisemblable, je hausse les épaules et je me lève.

— Eh bien moi, je ne crois pas au fantôme ni à ce conte à dormir debout. Merci, tout de même.

— Fais attention à toi, me lance-t-il alors que je m'éloigne. Cette histoire est vraie. Une terrible malédiction pèse sur le collège ! Ces malheurs sont bel et bien arrivés. J'ai perdu beaucoup d'amis à cause de ce mauvais sort. Tu n'as pas besoin de me croire, tu le verras bientôt par toi-même.

Sans lui prêter attention, je quitte la salle et me dirige tout droit vers ma chambre.

***

Aujourd'hui, nous disputons notre première partie à l'extérieur. J'ai hâte ! Je m'empresse de m'asseoir avec mes nouveaux amis dans l'autobus.

— La route ne sera pas très longue, nous explique Shane. Nous jouons à l'aréna Guy-Lafleur. Ce n'est ni grandiose ni prestigieux, seul le nom jouit de sa réputation. Guy a commencé ses prouesses ici, dans cet aréna, et ils l'ont nommé en son honneur.

En effet, aucune surprise ne nous attendait. Un centre sportif tout à fait normal, comme les centaines d'autres dans la province.

Nous devons jouer contre les Shark.

— L'an dernier, nous raconte Shane, ils se sont rendus en finale. Ils sont très forts. Alors, jouez selon les règles et donnez votre maximum.

La saison n'en est qu'à ses débuts, mais tous les points et toutes les victoires comptent. Les attentes sont grandes. C'est notre deuxième match. Notre trio patine maintenant de mieux en mieux et nous nous habituons graduellement à nos coéquipiers.

Parmi le bruit et la cohue qui règnent à l'intérieur du vestiaire, Shane tente de se faire entendre.

Un coup de sifflet suffit à nous rendre silencieux. Notre entraîneur nous regarde, l'air grave. Que se passe-t-il, encore ?

— Écoutez, les garçons ! Nous avons un sérieux problème.

Il nous fait languir, mais ce n'est pas voulu. Il ne sait pas comment nous expliquer la situation. Il finit par dire crûment :

— Nous avons oublié les bâtons au collège !

— Quoi? C'est une mauvaise plaisanterie! s'exclame Marco.

— Tu es sérieux? demande Sylvain.

Comme les autres, je m'écrie à mon
tour :

— Mais non, c'est impossible. Qu'est-ce
que ça veut dire?

— Ça signifie que sans bâtons, nous ne
pouvons pas jouer! déclare Shane. Je ne
peux tout de même pas demander à
l'équipe adverse de nous en prêter!

— Mais, mais alors...

— Eh oui, nous retournons au collège.

Nous nous rhabillons en silence, l'air
maussade. En nous dirigeant vers l'autobus, Charles s'arrête brusquement ;
Putulik, qui le suivait, se heurte contre lui.

— Hé! Fais attention!

Charles, le visage blême, ne dit aucun
mot. Il nous indique seulement la porte
arrière de l'autobus. De grosses lettres
peintes en noir y sont inscrites!

M A L

L'autobus étant sale, il nous est impossible de ne pas les voir. J'en ai le souffle coupé. Je tiens à peine sur mes jambes. De nouveau, le MAL a frappé. La malédiction continue ! Cette fois, plus de doute : je dois me résoudre à croire à cette histoire.

***

De retour au collège, je réunis tous mes coéquipiers. Ils doivent savoir. Je leur raconte le récit de Sylvain concernant la mort tragique du jeune hockeyeur épileptique.

— Un fantôme ? s'exclame Yannick, dubitatif. Tu crois que le collège est hanté par un fantôme ?

— Je ne sais pas, mais tous ces « MAL » m'inquiètent beaucoup. Je crois que nous devrons être très vigilants.

— Ma grand-mère m'a déjà conté des légendes à propos d'esprits rôdant parmi les vivants, frisonne Putulik. Peut-être... que ce garçon veut se venger de quelque chose...

— Arrêtez ! Je n'aime pas ces histoires, s'écrie Marco.

— Tu as peur des fantômes ?

— Hou ! Hou ! fait Charles en agitant les doigts au-dessus de sa tête.

— Et qui vous dit que ce n'est pas simplement notre initiation qui se poursuit ? réplique Yannick, terre à terre. Mes copains de deuxième année m'ont expliqué tous les mauvais coups que les grands font subir aux nouveaux. C'est seulement après ce passage que nous ferons partie de la bande.

— Si c'est ça, ce n'est vraiment pas drôle !

Toute cette conversation déplaît manifestement à Marco. Il tremble de partout. Je décide de mettre fin au bavardage.

— On ne peut rien affirmer avec certitude, maintenant. Restons sur nos gardes. On ne sait jamais.

Chapitre 6

L'avertissement

Plusieurs jours se sont écoulés depuis la dernière manifestation du « MAL » ; puisqu'aucun autre incident ne s'est produit, la peur a fini par nous quitter. Je suis bien heureux de me lever tôt. Aujourd'hui, nous avons tous la permission de nous rendre dans nos familles. J'ai tellement hâte de dormir dans mon lit. Quel bonheur ! Déguster à nouveau la cuisine de maman ! Ça me changera des menus de la cafétéria... Je me réjouis aussi de pouvoir enfin regarder la télé seul avec papa. Enfin, une bonne partie de hockey entre hommes ! Toutes ces petites choses me manquent terriblement au pensionnat. Je dois avouer toutefois que je commence à m'y plaire... Il se passe toujours quelque chose. Il y a toujours une activité prévue à l'horaire. Dire que je croyais m'ennuyer ! Ce sont plutôt mes parents qui s'ennuient.

Mon week-end s'annonce palpitant : papa et maman m'ont planifié un horaire chargé. Ils souhaitent profiter au maximum de mon bref séjour avec eux.

La journée commence par une activité inhabituelle. En effet, le cirque est en ville. J'ai toujours adoré le cirque, en particulier la fête foraine et ses manèges. Mon père a hâte d'essayer la toute nouvelle montagne russe surnommée Le monstre de métal.

Tout en déambulant sur le site, je tombe par hasard sur une petite tente rouge.

— Papa, c'est Irma, la diseuse de bonne aventure. Puis-je y aller ?

— Hum, fait mon père. La dernière fois, elle t'avait prédit un avenir très peu rassurant.

— Allez papa, dis oui ?

Je le regarde de mes beaux yeux suppliants en faisant la moue. Il ne peut résister à ma requête. J'entre alors dans l'univers magique et merveilleux d'Irma. L'odeur d'encens et la musique envoûtante me captivent dès que j'y pose les pieds. Puis dans un bruissement de toile, Irma, cette belle amazone[1], elle qui s'est souvent manifestée dans mes rêves, apparaît. Elle semble surgir de nulle part.

— Bonjourrr, me dit-elle, en replaçant une mèche de ses longs cheveux d'ébène. Tu veux connaître ton avenir?

D'un geste élégant de la main, elle me fait signe de m'asseoir. Je prends place sur un petit tabouret, près d'une table ronde. La tente, à peine éclairée, laisse entrevoir une boule de cristal.

De pénibles souvenirs refont surface. Mon bégaiement, mes affrontements avec Vincent, tout cela semblent à la fois si proches et si loin. Plusieurs années se sont écoulées depuis ces évènements. Cela ne m'empêche pas d'avoir un nœud dans la gorge et une immense boule dans le ventre. Je m'empresse de chasser ces mauvais souvenirs de mon esprit. Mon regard se pose alors sur l'ornement de la tente : les tapis d'Orient, les voiles... Ce décor m'impressionne, mais Irma elle-même me semble dix fois plus envoûtante. Elle remue

[1] *Une épouvantable saison*, collection « Œil-de-chat », Éditions du Phœnix.

ses dizaines de bracelets et de colliers de façon à créer un son mélodieux. Je me crois littéralement transporté dans un autre univers.

— Alorrrs, commence-t-elle, en entourant la boule de ses mains. Tu veux que je jette un coup d'œil sur ton avenirrr? Es-tu prêt?

— Je... je... oui, dis-je en esquissant un signe de la tête.

— Concentre-toi, me dit-elle.

Je regarde ses mains se promener au-dessus de sa boule de cristal qui s'illumine doucement d'une lueur ambrée, puis celle-ci devient de plus en plus vive. Toute la tente est irradiée de cette couleur jaunâtre. Au-dessus de nos têtes dansent des centaines d'étincelles iridescentes. Irma entame un chant mélodieux, langoureux, dans une langue étrangère et...

— Jeune homme, je vois des choses terrrribles... Sois prudent, crie-t-elle!

Ses phrases sont saccadées, entrecoupées de profonds soupirs. Elle poursuit de sa voix ensorcelante :

— Je vois, je vois...

Maman trouverait le spectacle excitant, mais moi je me sens devenir de plus en plus nerveux. Après tout, c'est de mon futur qu'elle parle, et elle semble inquiète.

— Je vois le mal, le mal, le grand mal. Non : le MAL !

Bravo, c'est maintenant elle qui bégaie. Quelle ironie ! Je suis venu ici, il y a quelques années, pour savoir justement si j'arrêterais un jour de bégayer. Elle poursuit en répétant « le Mal », puis elle hurle : malédiction ! Subitement, elle s'arrête, sort de sa transe et me fixe de ses yeux noirs. Elle scrute mon regard et semble vouloir toucher mon âme.

— Sois prrrudent mon garçon, très prudent !

Sur ce, elle se lève et m'ordonne de l'attendre. Elle se tourne, ouvre un coffre en bois incrusté de bijoux et en sort une patte de lapin. Elle me la tend en disant :

— Ce talisman te prrrotégera contre la terrrrrible malédiction. Garde-le toujourrrrs avec toi et tu resteras en sécurité.

Puis son regard se transforme, et elle me dit tout bonnement :

— Ce sera quinze dollars.

Je sors de la tente, troublé et inquiet à la fois.

— Quel incroyable spectacle ! Elle m'a dit de faire très attention. Elle m'a aussi donné une patte de lapin porte-bonheur.

— Foutaise tout ça, dit mon père, un peu grognon. Un attrape-nigaud.

Il ne semble pas très impressionné. Mais moi, Irma m'a littéralement ébloui. Je tremble de nervosité. Elle a prononcé le mot « MAL ». Ce ne peut pas être une coïncidence ! Et le mot « malédiction ». Misère de misère ! Je serre mon porte-bonheur sur mon cœur. Et si le malheur venait vraiment à s'abattre sur moi et sur mon équipe de hockey ? Le collège serait-il vraiment hanté par un fantôme ? Plus j'y pense, plus je m'inquiète. Je dois absolument aider mes coéquipiers.

— Papa, puis-je t'emprunter quelques dollars ? Ce sera une avance sur mon argent de poche.

Il fronce les sourcils. Son regard inquisiteur m'oblige à lui donner des explications.

— J'aimerais acheter dix-sept autres pattes de lapin, une pour chacun de mes coéquipiers.

Eux aussi doivent être protégés contre la grande malédiction.

— Tu ne vas pas croire à toutes ces âneries !

Mon père acquiesce malgré tout à mon étrange requête.

***

On dit qu'il est normal de s'ennuyer les premiers mois, surtout pour les nouveaux comme moi. Je ne suis qu'en première année du secondaire et, paraît-il, ce n'est qu'avec le temps qu'on s'habitue à la vie de pensionnat. Plusieurs élèves du collège racontent même qu'ils préfèrent ne plus habiter avec leurs parents. Ils adorent la vie ici. Quelle idée saugrenue ! Car c'est avec un pincement au cœur que je quitte les miens le dimanche soir. Heureusement qu'il y a le hockey, car ça atténue ma peine... un peu...

Lundi matin, je retrouve le froid glacial de l'aréna. Ce retour brutal à la réalité du collège me fouette le visage. J'entre rapidement dans le vestiaire.

— Salut Bruno, me dit joyeusement Charles.

Charles, malgré toutes ses clowneries, est devenu un très bon ami. Tout le monde rit de ses farces et de ses espiègleries. Mais en plus d'être un véritable boute-en-train, Charles est un hockeyeur hors pair, rapide comme l'éclair. J'aime bien son sens de l'humour et sa bonne humeur, mais j'apprécie encore plus les dizaines de passes qu'il me fait.

— Salut, Ch... Charles.

— Ta fin de semaine s'est bien passée? me demande-t-il. La mienne était plutôt moche. Je suis resté ici, au collège. Il n'y avait que le concierge qui se promenait sur l'étage, et encore, il semblait préoccupé. Mes parents sont en voyage d'affaires. Ils sont toujours très occupés à travailler. Je suis le dernier de leurs soucis...

Ce n'est pas de sa faute, me dis-je, s'il a des parents sans-cœur. Il a vraiment l'air penaud.

— Tu... tu... viendras chez moi la prochaine fois ?

— Mais non, je m'amuse comme un petit fou à lire leurs courriels et à attendre leurs appels.

Il cache derrière sa bonne humeur une profonde tristesse. J'ai des antennes pour ce genre de choses.

— Tiens, prends ça, je t'ai rapporté un cadeau.

— Qu'est-ce que c'est ? me demande-t-il, tout étonné.

J'ouvre la main et je lui donne une patte de lapin porte-bonheur.

— Wow ! Merci, Bruno. Comme c'est *cool*. Où as-tu pris ça ?

Immédiatement, tous les yeux de mes coéquipiers se tournent vers moi. Ils sont donc très curieux !

— Je... je... j'ai pensé contrer la malédiction qui pèse sur notre équipe. J'ai donc acheté une patte de lapin à chacun de vous ! dis-je fièrement en lançant une patte à tous mes amis.

Des « Wow! » et des « Mercis! » fusent de toutes parts.

— Nous avons un sérieux problème ici avec ce grand « MAL ». C'est une histoire de fous, s'exclame Charles.

— Nous avons bien besoin de chance, acquiesce simplement Richard.

On pousse tous un immense soupir, comme pour conjurer le mauvais sort qui nous accable depuis le début de notre saison.

— Eh bien, avec cette patte de lapin porte-bonheur, tout ira bien ce soir!

À la sortie des vestiaires, nous portons tous fièrement nos pattes de lapin sur notre équipement respectif. Certains l'ont attaché sur leur casque, d'autres sur leur bâton. Plusieurs l'ont camouflé à l'intérieur de leur maillot. Moi, je porte la mienne au cou depuis qu'Irma me l'a donnée. Je me sens envahi d'une confiance nouvelle.

— Allez les gars, dépêchez-vous. Vite, vite, sur la glace! On se donne à cent pour cent pour cet entraînement important! s'exclame Shane.

***

Ce soir, je vais dormir comme un loir. Un repos bien mérité et un sommeil profond guériront toutes mes courbatures et ma fatigue extrême. Je suis complètement épuisé. Je peine à ôter mes vêtements et à enfiler mon pyjama. Pas question de prendre une douche! Ma tête touche à peine l'oreiller que je sombre dans un profond sommeil. Ma nuit est toutefois de courte durée. Un bruit horrible me tire du lit. Mon camarade de chambre s'est lui aussi relevé vivement.

— Que... que... que se passe-t-il, dis-je tout endormi?

— Je ne sais pas, répond-il. J'ai entendu un bruit. Il se frotte les yeux et s'apprête à se recoucher.

— Moi... moi... moi aussi, j'ai entendu un bruit.

— Mais tu bégayes!

Il me regarde, l'air complètement ahuri.

Je hausse l'épaule droite. Je ne lui dois aucune explication, surtout pas au milieu de la nuit. J'ai la gorge sèche. J'ai soif. Je suis pourtant trop épuisé pour me lever. Le silence envahit ma minuscule chambre. Mon camarade grognon se recouche. Comme je me prépare à faire de même, une lueur fulgurante accompagnée d'un bruit strident nous extirpent tous les deux du lit. Nous sortons de la pièce en un clin d'œil, terrifiés. Dans le corridor, nous échangeons un regard, aussi abasourdis l'un que l'autre.

— Mais qu'est-ce que c'était?

— Je... je... je ne sais pas.

Nous jetons un rapide coup d'œil à l'intérieur de notre chambre sans toutefois y mettre les pieds. À ce moment précis, le reflet d'un visage hideux apparaît sur l'écran de mon ordinateur. Sans le vouloir, nous laissons échapper un cri. D'un bond, je me retourne et trébuche. Je tombe sur le sol froid. Je me relève et, en toute hâte, j'ouvre la lumière. Le reflet a disparu, laissant à la place trois lettres bien visibles : MAL.

Chapitre 7

La malédiction

La terrible malédiction a frappé de nouveau.

— Que se passe-t-il, ici? demande le surveillant, en pressant le pas.

En nous rejoignant, il répète sa question avec insistance, mais nous demeurons muets. Tremblants de tous nos membres, nous montrons du doigt l'écran de mon ordinateur.

— Bon allons, ce n'est rien, répond-il. Une mauvaise blague, sans plus.

Il se veut rassurant, mais il appelle tout de même notre entraîneur. L'instant d'après, ce dernier apparaît, les cheveux ébouriffés, et jette un coup d'œil dans la chambre. Il entre prudemment et, à l'aide de sa manche, il s'essuie le front. Comme par enchantement, les lettres disparaissent. Toutes traces du MAL sont effacées.

— Il... il... il y avait un visage sur l'écran, je... je... je vous le jure.

— Une mauvaise plaisanterie, assure-t-il sur le même ton. Quelqu'un vous a joué un tour. Une blague de mauvais goût. Ce n'est rien, retournez vous coucher.

— Moi, je ne retourne pas dans cette chambre, s'empresse de dire mon camarade. De toute façon, je ne veux rien savoir de votre équipe de hockey. Toutes ces rumeurs sont donc véridiques ! Bruno, me dit-il, je t'aime bien, mais je crois que tu devrais plutôt partager ta chambre avec un joueur de ton équipe. Moi, je n'ai rien à voir dans tout ça ! J'exige une nouvelle chambre, loin de toutes vos histoires à la con.

— Et... et... et moi, je ne reste pas seul !

— Écoutez, nous réglerons tout ça demain. Pour l'instant, Bruno, tu peux t'installer dans la chambre de Charles et toi, va avec un ami de ton choix, dit-il sur un ton qui ne laisse aucune place à la discussion.

Cet arrangement nous convient à tous les deux. Un immense attroupement s'est formé dans le corridor. Mon équipe au complet se réunit instantanément autour de moi.

D'une voix forte, tout en essayant de rester calme, Shane s'écrie :

— Retournez vous coucher. Il n'y a rien à voir.

— Sois prudent Bruno, s'exclame mon camarade de chambre. Vous êtes tous fous dans votre équipe de hockey. Tout le collège connaît la malédiction qui vous frappe. Je ne dormirai plus jamais avec l'un de vous !

Sur ce, il tourne les talons et s'engouffre rapidement dans une autre chambre, accompagné d'un ami. Je reste bouche bée. Il a pourtant raison.

— Mais... mais... mais, et la malédiction ?

Les mains sur les hanches, Shane me regarde dans les yeux. Il hésite, et fait une longue pause avant de répondre.

— Nous en reparlerons avec toute l'équipe demain, promet-il, mais maintenant, il se fait tard et nous avons tous besoin de sommeil. Allez, dit-il d'un ton sec et autoritaire, regagnez tous vos chambres et allez dormir. Bonne nuit !

Ennuyés, mais surtout fatigués, les élèves réintègrent leur dortoir et les portes se referment. Charles met la main sur mon épaule pour me rassurer.

— Ne t'inquiète pas. Tout va s'arranger.

Tous les joueurs de mon équipe se réunissent spontanément dans la chambre de Charles. Nous parlons tous en même temps.

— Nous aussi, nous avons entendu un bruit effrayant, mais nous n'avons pas vu le reflet apparaître sur nos écrans !

— C'était assurément le visage hideux du MAL.

— Le diable en personne !

— Ou le fantôme du garçon épileptique...

— Mais le MAL a frappé malgré nos pattes de lapins porte-bonheur, remarque Putulik. Et il semble s'acharner sur toi, Bruno.

— Sérieusement ! Les fantômes n'existent pas. Je ne peux pas croire que le petit garçon malade en soit la cause, déclare Pierre-Luc, toujours aussi rationnel. Il doit y avoir une autre explication.

— Alors, pour quelles raisons ces lettres apparaissent-elles tout le temps ? Qu'est-ce que ça veut dire ?

Personne n'a de réponse à cette question. Nous y allons tous de nos hypothèses. Certains croient vraiment à cette malédiction. Ce sont les plus superstitieux d'entre nous. D'autres estiment que quelqu'un nous fait une mauvaise blague. Mais lorsque quelques-uns proposent d'abandonner l'équipe, je leur réplique vivement :

— Cela fait partie de notre initiation au collège ! N'abandonnez pas pour si peu !

— Quelle idée ! On ne fait pas peur aux enfants de cette manière-là ! Ce n'est pas drôle, ce sont des farces de très mauvais goût ! raille Marco.

Notre entraîneur ne semble pas pressé de nous aider, on dirait. Il pense sans doute qu'il s'agit d'un concours de circonstances, de coïncidences. Pour ma part, je ne sais absolument pas quoi penser.

— On tente soit de nous initier, soit de nous faire rire, soit de nous faire peur. Le plus probable est que quelqu'un essaie de nous faire abandonner le hockey. Pire encore : de nous amener à quitter le collège. Pourquoi ? Encore la même question : pourquoi ? demande Putulik. Moi, je ne veux pas retourner dans le Grand Nord, je me plais ici, dans le Sud.

— Il s'agit sûrement d'un espion, payé par une équipe adverse, qui veut nous empêcher de gagner, déclare Charles pour alléger l'atmosphère.

— De qui pourrait-il s'agir ?

— Qui pourrait bien en vouloir à ce point à notre équipe de hockey ?

— Sylvain prétend qu'il s'agit d'un fantôme...

— Les joueurs de l'équipe de basket ne sont vraiment pas gentils, et j'en sais quelque chose, affirme Putulik. Ils s'en prennent souvent à moi.

— Je l'ai ! je l'ai ! s'exclame Charles.

Tous nos regards se dirigent vers lui. Il exhibe un petit sourire au coin des lèvres.

— C'est l'équipe de ringuette. Ces filles-là, elles sont incroyables, aussi robustes que nous, elles nous en veulent parce que nous partageons leur temps de glace.

On éclate tous de rire. Charles se roule par terre.

— Chut, chut, pas trop fort, le surveillant va arriver, fait Putulik en chuchotant. Puis il ajoute : « C'est trop abominable. Ce n'est pas le genre de blagues que font les filles. »

— Il reste alors les adultes. Mais qui ?

— Je suis trop fatigué pour essayer d'y répondre cette nuit. Nous en reparlerons demain.

— Oui, oui, la nuit porte conseil, s'exclame mon ami, imitant la voix de notre prof de français, ce qui fait rire tout le monde.

— Moi, je ne fermerai pas l'œil de la nuit, dit Marco le peureux.

— Alors, garde l'œil ouvert et le bon, pouffe Charles en guise de réplique.

Sur ces dernières paroles, toute l'équipe quitte la chambre de Charles sur la pointe des pieds. Au bout du couloir, j'aperçois le concierge, une vadrouille à la main.

***

Heureusement, le reste de ma courte nuit se déroule sans autre incident, même si je me réveille à plusieurs reprises. C'est vrai, j'ai encore peur. Je serais allé me blottir contre ma mère. Car je n'ai aucun doute, le MAL va sévir à nouveau, je le sens !

Chapitre 8

Une partie qui finit MAL

Dans le vestiaire, nous attendons tous avec impatience notre entraîneur. Pourra-t-il faire la lumière sur les évènements de la nuit dernière? J'aimerais bien savoir qui nous a joué un si mauvais tour, parce que je me dis qu'il n'y a rien de surnaturel dans cette histoire. C'est tout simplement impossible! J'espère qu'il trouvera le coupable. Il y a tout de même un point positif dans tout ça : je change de compagnon de chambre. Il sera remplacé par un joueur de mon équipe. Cela me réjouit! Je souhaite ardemment que ce soit Putulik.

Au moment de notre rencontre d'avant-match, notre entraîneur tente vainement de nous rassurer. Il explique que la direction du collège se penche sur la question. Il regrette de ne pas nous en avoir parlé plus tôt. Il nous adresse ses excuses et nous assure qu'il fait tout pour que cessent ces incidents. Si certains coéquipiers trouvent toute cette aventure drôle, ce n'est pas le cas de Shane ni d'aucun d'entre nous. Lorsque l'on devient le dindon de la farce, ce n'est jamais amusant, j'en sais quelque chose. J'ai été malheureusement victime d'intimidation. Si j'en suis ressorti plus fort, je me demande comment je peux, en ce moment, combattre le MAL.

Être victime d'une malédiction, c'est inconcevable ! La seule bonne nouvelle dans cette histoire abracadabrante, c'est que je ne suis pas la seule proie. Il y a toute une équipe derrière moi ou avec moi, selon le cas.

Shane nous recommande d'oublier tout ça et de nous concentrer sur notre entraî-nement, sur notre partie et surtout sur nos études. Mais pour moi, comme pour mes coéquipiers, tant que la malédiction pèsera sur nos têtes, nous n'aurons pas de repos. Mais nous avons une partie à jouer et nous lançons tous le cri de ralliement de notre équipe :

« Go, Blizzards, go ! »

Aujourd'hui, nous affrontons les Phœnix, une équipe redoutable. Celle qui a remporté le championnat l'an dernier. Leurs joueurs sont d'une robustesse à toute épreuve ; ils sont gros, forts et très disciplinés. Nous, du haut de notre première année, nous paraissons bien chétifs. C'est à nous qu'il revient de gagner et de conjurer cette effroyable malédiction. Je comprends mieux à présent l'envoi de lettres d'invitation aux joueurs de notre équipe. À cause du MAL, le recrutement se fait difficilement. Un détail me console : l'an prochain, nous serons des joueurs de deuxième année et cela augmentera nos chances de victoire. Moi, j'ai eu le privilège d'être admis au collège, et je ne m'en irai pas à cause d'une superstition ! Charles et le reste de mes proches amis pensent de même.

Il a fallu trois tours de glace pour nous échauffer et pour que l'incident de la nuit dernière se volatilise de nos esprits. Il n'y a que nous, la glace, le froid et le hockey. Tels des gladiateurs en attente d'un combat ou d'un affrontement, nous nous plaçons dans nos positions respectives. J'ai encore peine à croire que je joue sur la première ligne comme ailier droit. La seule idée de faire honneur à mon père me remplit de fierté. Je ne suis pas une vedette, en tout cas, pas encore ! Tout de même, je suis ravi.

La partie commence sans tambour ni trompette. Les Phœnix s'emparent de la rondelle dès le début. À peine quelques minutes après la mise au jeu, le disque se faufile entre les jambières de notre gardien, stupéfié. C'est 1 à 0 pour les Phœnix, qui se réjouissent et le montrent fièrement. D'ailleurs, ils se donnent de longues accolades.

Après la mise au jeu, nous patinons à toute vitesse et tentons de suivre le rythme de nos adversaires, mais sans grand succès. Notre gardien esquive plusieurs puissants lancers frappés. Notre entraîneur choisit de faire de rapides changements de ligne. Néanmoins, nous nous essoufflons vite. Les Phœnix sont à la hauteur de leur réputation. Ils dominent carrément le jeu. Finalement, après plusieurs tentatives, Charles s'empare de la rondelle. Nous formons une première attaque massive. Il y a beaucoup d'action sur la glace. Nous réussissons une intervention en zone adverse.

Les Phœnix sont agressifs. Sur la recommandation de Shane, nous gardons nos positions sur la glace ; nos rivaux aussi. Leurs défenseurs font bien leur travail, car ils me talonnent sans cesse. Je n'ai jamais le champ libre pour recevoir une passe. Charles doit manier la rondelle avec dextérité. Il cherche désespérément à me la renvoyer. Tous nos joueurs sont surveillés. Je ne peux qu'admirer l'excellent travail de défense de l'équipe adverse. Finalement, Charles tente un tir au but à courte distance, qui est facilement arrêté par le gardien. Celui-ci remet le disque au jeu en le lançant derrière le filet. Nous ne sommes pas en mesure de le reprendre. Il y a un dégagement qui ne sera pas accordé. Ce rythme effréné se poursuit pendant de longues minutes. Plusieurs changements de ligne s'imposent, et je peux me reposer.

Nous jouons tous à tour de rôle. Cela me donne le temps de souffler un peu et de boire de l'eau. Survient un nouveau changement de ligne. Je retourne sur la glace. Charles se met en place pour la mise au jeu et la gagne. Il me fait rapidement une passe. Je m'empare de la rondelle et j'entreprends de faire une montée. Je traverse la ligne rouge. Charles me suit de près, je lui remets le disque. Il l'attrape gracieusement avec son bâton. Il est seul devant le filet. Il tente un tir des poignets, mais... au lieu de soulever la rondelle, il s'effondre. Je le vois, comme au ralenti, tomber à genoux. Quelque chose de terrible se produit. Tout cela n'est pas normal. Même si mon coéquipier reste à quatre pattes, le jeu se poursuit malgré tout. Mais que font les arbitres? Ils dorment, ou quoi? Pourquoi n'arrêtent-ils pas le jeu?

Je suis désemparé. Je ne sais plus où aller, vers Charles ou vers la rondelle. J'entends hurler notre entraîneur. Finalement, je délaisse le jeu et je me précipite vers mon ami. Celui-ci souffre. Il a de fortes convulsions. Je me baisse et je le vois vomir. L'odeur est atroce. Tout son corps bouge. Il semble pris d'un atroce malaise. Tout à coup, je suis saisi à mon tour de fortes crampes au ventre. J'entends le sifflet retentir. Je pense soudainement à cette histoire du petit garçon.

J'ai plus de chance que mon ami. J'ai à peine le temps d'enlever mon casque avant de régurgiter moi aussi tout le contenu de mon déjeuner. Je m'effondre sur la glace, pris à mon tour d'horribles convulsions. D'autres joueurs s'approchent et se mettent à vomir eux aussi. Notre entraîneur est aussitôt sur la glace, près de nous. La sirène retentit pour indiquer la fin de la période. Quel spectacle ! Tous les joueurs du collège sont soit recroquevillés, soit en train de vomir à l'unisson. Il y a des flaques de nos repas respectifs partout sur la patinoire. Des mares de repas non digérés de couleur brune et jaunâtre s'étalent sur la glace. Pépé, le concierge, arrive avec plusieurs seaux dans les mains. Il marmonne tout en nous jetant des regards furieux. Putulik enlève son masque de gardien. Il ne semble pas affligé par notre malheur. C'en est fini de ce match. Je ne peux plus jouer. Bien que j'aie cessé de régurgiter, mon ventre subit les réflexes des reflux gastriques. Je me retourne sur le dos comme Charles, l'air piteux. Alors que nous tentons de reprendre notre souffle, notre regard se dirige sur le panneau d'affichage. Je ne suis pas surpris de ce que je vois.

Chapitre 9

Rencontre au sommet

Clignotant en grosses lettres rouges, le mot MAL apparaît et disparaît telle une enseigne annonçant un restaurant le long d'une route. L'aide-soignant ne sait plus où donner de la tête. L'infirmière est arrivée sur ces entrefaites. Dépassés par les évènements, ils font venir un médecin. Verdict : une gastroentérite aiguë et virulente. Nous sommes confinés à nos chambres. Tout l'aréna devra être soigneusement désinfecté.

Après avoir passé une journée isolé dans ma chambre à boire des boissons électrolytes, je me sens comme un lion en cage. De plus, j'ai une faim de loup. Putulik est lui aussi confiné à notre chambre. Heureusement !

Mon portable vibre. Celui de mon ami aussi.

— Qui est-ce? me demande-t-il.

— C'est un message de Marco nous annonçant le départ de plusieurs joueurs de notre équipe.

— Que fait-on? s'enquit-il.

— Attends, j'ai une idée.

J'écris un message texte et l'envoie à toute l'équipe des Blizzards. Rencontre au sommet! Rendez-vous à la cafétéria immédiatement!

— On doit vaincre cette malédiction une fois pour toutes, dis-je à Putulik, qui acquiesce de la tête.

Lorsque je me pointe à notre table habituelle, Charles est déjà installé devant un copieux déjeuner. Son immense sourire et le jaune d'œuf au coin de sa bouche laissent entrevoir la vitesse à laquelle il ingurgite son repas. Il se met à rire.

— Ouf! J'en ai assez des liquides médicamenteux aux électrolytes. On ne devient pas un athlète d'élite en buvant du jus au goût de cerises! s'exclame-t-il.

Un à un, mes amis se dirigent, le visage pâle, vers notre table. Certains ont encore des maux de ventre, mais la plupart ont surtout terriblement faim.

— Bruno, me dit Marco entre deux bouchées, c'est toi qui as envoyé le message? Que proposes-tu? Mes parents veulent aussi que je quitte le collège. Je dois les rassurer au plus vite. Tu dois ME rassurer au plus vite. J'ai peur. Ça me stresse, toute cette histoire de MAL. Je ne veux plus être malade. Il y a trop d'accidents ici.

Tous les yeux sont tournés vers moi. J'ai chaud, je suis mal à l'aise. Je ne suis pas habitué d'être dans cette position de chef. Je dois répondre, mais rien ne me vient à l'esprit. Charles prend conscience de mon malaise. Il détend l'atmosphère en faisant une blague. Personne ne rit. Putulik prend la parole.

— Je ne veux pas retourner dans le Nord! s'exclame-t-il.

— Et moi je veux rester ici, dit Marco.

— Moi aussi, moi aussi, répètent en chœur les autres coéquipiers.

On me fixe comme si moi, Bruno, j'avais la solution. Mais moi, je n'ai que des questions, que je décide de partager. J'inspire profondément et je dépose bruyamment ma fourchette dans mon assiette.

— Premièrement, dis-je sur un ton solennel, personne ne quitte le collège. On se tient les coudes. Deuxièmement, on doit faire une enquête. Récapitulons les évènements. Que sait-on, au juste?

Nous énumérons du mieux que nous pouvons la longue liste des évènements inhabituels qui se sont produits depuis notre rentrée scolaire.

Yannick ouvre le bal :

— Le MAL sévit.

— Oui, mais quoi encore?

— Surtout à l'aréna!

— Que sur les joueurs de notre équipe.

— C'est vrai, les autres sports n'en sont aucunement affligés.

— Il y a eu les lettres inscrites sur l'autobus et l'oubli de bâtons.

— Et la brume dans l'aréna.

— Ensuite l'étrange cri et l'apparition d'un visage hideux sur les écrans de nos portables.

— Les lettres M, A, L sur le panneau d'affichage.

— Les maux de ventre et les vomissements.

Sur ce dernier commentaire, on a tous cessé de parler. Le souvenir était encore trop présent.

— Maintenant que l'on sait tout ça, que fait-on ?

— Élémentaire, mon cher Watson, s'exclame Charles, en tournant sa casquette à l'envers et en changeant sa voix pour se donner un accent européen.

Nous fixons tous sur lui un regard d'incompréhension.

— Sois sérieux, pour une fois ! s'exclame Marco.

— Je suis sérieux. Vous ne connaissez donc pas Sherlock Holmes ? Bande d'ignares, incultes, il faut lire autre chose que des BD, précise-t-il. Sherlock Holmes était le plus grand détective de tous les temps, poursuit-il. Il n'est pas suffisant d'énumérer tous les incidents, on doit à présent chercher les indices laissés par le MALfaiteur.

Son jeu de mots nous arrache tous un sourire.

— Oui, oui, tous ces éléments doivent forcément avoir un point commun.

Nous baissons tous les yeux en signe de réflexion.

— J'ai trouvé! Si on exclut l'hypothèse du petit garçon et du phénomène occulte... il reste un personnage qui était présent lors de toutes ces circonstances.

— Tu as raison, Bruno! Nous connaissons bien quelqu'un qui a accès à l'aréna, à l'autobus, au vestiaire et à l'écran électronique...

— Pépé le concierge! s'exclame-t-on en chœur.

Chapitre 10

Sur la piste
du MALfaiteur

Nous avons quitté la cafétéria au pas de course. En deux temps trois mouvements, on était rendus devant le bureau de Pépé le concierge.

— Charles, surveille le corridor, au cas où il se pointerait.

— Et s'il arrive, qu'est-ce que je fais ?

— Je ne sais pas. Tu trouveras bien une blague à lui raconter. Puis, tu siffleras pour nous avertir.

— Pépé n'est pas coupable, j'en suis convaincu, s'exclame Putulik. Il est trop vieux pour jouer ce genre de tours.

— Moi je le crois capable de trahison, il est toujours si grognon, le vieux !

J'ouvre doucement la porte qui, heureusement, n'est pas fermée à clé.

— Que cherche-t-on ? s'informe Marco, inquiet.

— Je ne sais pas. Des preuves.

La lumière tamisée laisse entrevoir des dizaines de bouteilles, des flacons, des seaux et des balais de toutes sortes. L'attirail complet du parfait concierge.

— Il n'a même pas d'ordi ! observe Marco. Ce n'est pas lui ; allez, partons avant qu'il n'arrive !

Je ne suis pas convaincu. Je fouille partout, mais je dois bientôt admettre qu'il a raison. Avant de quitter la pièce, une plaque sur son bureau attire mon attention. On y a inscrit son nom :

Pierre Poirier.

Pépé ne veut pas dire vieux grand-père, mais bien PP ! Pendant tout ce temps, nous avions cru... Enfin, bref...

— Regarde toutes ces petites sculptures, me dit Putulik, ça me rappelle mon grand-père.

Sur son établi reposaient, bien ordonnées, de miniatures figurines en bois de joueurs de hockey, toutes aussi belles les unes que les autres. Il a des talents de sculpteur, notre Pépé.

— Une personne qui aime le hockey et qui prend le temps de faire des sculptures à notre effigie ne peut pas en être son détracteur !

— À moins que ce ne soit des poupées vaudou..., propose gravement Putulik.

— Des quoi ?

Notre Esquimau nous explique rapidement comment les sorciers utilisent ces figurines pour attaquer leurs ennemis. Sa description nous affole. Pendant un moment, nous nous demandons s'il ne vaudrait pas mieux de détruire la collection du vieux concierge. Juste au cas.

Le sifflement de Charles met soudainement fin à notre réflexion. C'est le signal. Nous devons sortir au plus vite. Trop tard ! Lorsqu'on ouvre la porte, on se fait apostropher par Pépé.

— Mais, que faites-vous ? Que cherchez-vous ? nous dit-il d'un ton bourru.

— Je... je... je cherchais des sacs à ordures, oui c'est ça, des sacs à or... ordures pour ma chambre.

— C'est que l'on a été malades et... et...

Il ne me laisse pas finir ma phrase.

— Tu t'appelles Bruno, n'est-ce pas ? Je t'ai vu jouer l'autre soir. Bravo ! Tout un tir du poignet que tu as, mon gars.

Il sourit, et son visage semble moins menaçant.

— C'est bien toi le numéro quatorze ? Quel beau but ! Dommage que ton équipe ait tous ces problèmes. C'est à croire qu'une malédiction a frappé le collège, me dit-il en faisant un clin d'œil. Laisse-moi t'aider, voilà, fait-il, en me tendant un sac. Des sacs, j'en ai plein, reviens quand tu veux.

— Mer... mer... merci monsieur.

— Appelle-moi Pépé, comme tout le monde. Bonne chance, crie-t-il, en poussant son large balai le long du corridor.

— Ouf ! s'exclame Charles, on l'a échappé belle.

— J'ai eu si peur, avoue Marco.

— C'est bien beau tout ça, mais nous n'avons toujours pas trouvé le coupable. Retour à la case départ.

— Retour à la cafétéria, s'exclame Putulik, j'ai encore faim. C'est l'heure du dîner, non?

Un peu plus tard, le ventre bien rempli, la discussion reprend.

— Récapitulons : on cherche, non pas un fantôme, mais bien une personne. Quelqu'un ayant accès à l'aréna, à l'autobus, à l'écran électronique et aux vestiaires.

On s'écrie tous en même temps :

— Ça y est!

— J'ai trouvé!

— Moi aussi.

Élémentaire, mon cher Watson! s'exclame Charles. Il s'agit de Shane!

— Mais non, lance Marco, s'est Maurice, l'aide-soignant!

— Ben voyons, vous ne croyez tout de même pas ça? Shane, vraiment? Il est notre entraîneur! Il ne saboterait quand même pas son propre travail ? Et l'aide-soignant est le prof d'éducation physique. Il n'a pas le temps, voyons, il ne vient que pour les parties.

— Qui d'autre, alors ? me demande Putulik.

— Je dirais plutôt le monsieur qui conduit la surfaceuse. Oui, ce doit être lui. C'est vrai, il a accès à toutes les installations.

— Comment s'appelle-t-il ? Personne ne le connaît. Quelqu'un l'a-t-il déjà rencontré ?

— Tout ça me semble bien suspicieux ! Vite, allons à l'aréna !

Vêtus de nos manteaux à l'effigie de notre équipe, nous pénétrons dans l'aréna. Le silence semble la rendre plus froide qu'à l'ordinaire. Seul l'éclairage de secours illumine notre chemin. L'endroit est désert. Tant mieux pour nous !

— Est-ce que l'un de vous sait où se trouve son bureau ?

— Aucune idée, mais allons voir où il remise la surfaceuse. On y découvrira peut-être des indices...

À pas feutrés, nous nous dirigeons vers la porte qui mène à l'arrière de l'aréna. Je n'y étais jamais allé. Pas plus que mes amis, d'ailleurs. Ça ressemble à un petit entrepôt. En voyant la surfaceuse, Charles ne peut s'empêcher d'y grimper.

— Vroom ! vroom ! s'exclame-t-il.

Les deux mains sur le volant, il dit d'une voix tonitruante :

— Attention, le MAL arrive ! Vroom ! vroom ! Il va vous...

— Arrête de faire le clown, lui lance Putulik. Sois sérieux, pour une fois, on a une mission d'espionnage à accomplir. Notre saison en dépend.

Sur ces sages paroles, et sans se faire prier, Charles descend de l'engin. Pelles, chiffons et tout un arsenal d'outils sont accrochés aux murs.

— Là, une porte !

En effet, sur notre droite, tout au fond de la pièce, une porte en bois brune est restée close. Un écriteau indique :

Marc Antoine Legault
Défense d'entrer !

— Sherlock ! dis-je moi aussi en prenant des accents d'outre-mer. Regardez ! J'ai trouvé !

— Quoi, quoi ? demande Putulik. Trouvé quoi ?

— Je ne vois rien, lance Marco en soupirant.

J'éclate de rire.

— Élémentaire, mon cher Watson ! Pensez à Pépé, son est nom : PP, pour Pierre Poirier !

Ils m'observent, sceptiques.

— C'est tellement évident. Lisez son nom :

Marc Antoine Legault = M. A. L.

Tous restent bouche bée, figés sur place.

— Non ! C'est trop facile.

— Une coïncidence, voilà tout !

J'insiste :

— Si, si, c'est possible. Ouvrons la porte, à la recherche d'indices.

— Et s'il arrive ? demande Charles.

Sur ces paroles, je tourne la poignée. Curieusement, la porte n'est pas fermée à clé. Devant nous, une table est jonchée d'un ordinateur et de plusieurs appareils électroniques.

— Regardez ! Une bombe aérosol noire ; c'est sûrement la peinture qui a servi à graffiter l'autobus.

— Et ici, parmi les nombreuses bouteilles, il y a un petit flacon. « Sirop d'ipéca : pour induire le vomissement »..., lit Putulik à haute voix.

— Hourra ! On a trouvé le coupable. Le MAL, va, il ne perd rien pour attendre.

— Que fait-on, à présent ? demande Marco.

Sur ces entrefaites, Marc Antoine Legault apparaît dans l'embrasure de la porte, les mains sur les hanches. Tout le monde se tait. Qui aurait cru que le MAL, ce petit homme à l'air si gentil et avenant, serait capable de tant d'atrocité !

Ses yeux nous fixent avec une extrême intensité. Nous retenons notre souffle. Que va-t-il nous faire ?

Chapitre 11

Mal pas si MAL

— Que faites-vous ici, dans mon bureau ? nous demande Marc-Antoine.

Sa voix était douce et sans aucune malice.

— C'est toi le MAL ! On a des preuves !

— Oui, c'est moi. Et tu sais quoi ? Je suis épuisé de jouer à ces petits jeux.

— Un... un... un jeu ? Un... un... un jeu ?

Je me surprends à bégayer. Trop énervé, je cherche mes mots. Finalement, ma langue se délie et je crie :

— Charles, va chercher Shane, ou Pépé, ou un prof, n'importe qui, mais un adulte ! Vite, dépêche-toi !

Charles, qui attendait caché à l'extérieur, tourne les talons et s'enfuit à toute vitesse. La peur lui donne des ailes.

— Ne t'inquiète pas, me dit le MAL. Je ne me sauverai pas, je ne vous ferai rien, dit-il en s'affaissant lourdement sur une chaise.

Les mains camouflant son visage, il se met à pleurer. Nous demeurons tous médusés.

— Mais, pourquoi nous avoir causé tous ces ennuis ? demande enfin Marco, furieux.

— Oh, c'est une longue histoire... Je ne voulais pas faire de mal aux élèves, je voulais seulement causer des ennuis à Shane, pour qu'il quitte son poste. Vous voyez, c'est moi qui aurais dû devenir l'entraîneur des Blizzards. Je suis bien plus qualifié que ce petit jeunot de Shane. J'ai fait la Ligue nationale, moi ! Mais je n'ai pas mon diplôme d'enseignant, alors le directeur a refusé ma candidature, me laissant l'ingrate tâche de nettoyer l'aréna. Je vaux bien plus que ça ! Oui je l'avoue, c'est moi qui ai caché vos bâtons ; c'est moi qui ai peint les lettres sur l'autobus ; c'est encore moi qui ai envoyé l'image sur vos portables et qui ai fait fondre la glace et fait jaillir la brume et...

— ... mis du sirop à vomir dans nos bouteilles d'eau ?

— Ça, ce n'était pas gentil, pas gentil du tout, intervient Pierre-Luc.

— Je sais... je suis allé trop loin. Je voulais me venger de Shane et du directeur. Je n'ai jamais voulu vous faire de MAL. Si vous perdiez, Shane aurait été remplacé, et j'aurais pris sa place. J'étais le candidat tout désigné, même sans diplôme.

— J'ai tout entendu ! s'exclame Shane, en entrant brusquement dans le petit local. Ta carrière ici est terminée, Marc-Antoine !

Il saisit MAL par le bras et le conduit à l'extérieur. Je suis inquiet pour lui.

— Que lui arrivera-t-il ?

— Où l'emmenez-vous ? s'enquit Pierre-Luc.

— Chez le directeur, il décidera de son sort.

Sur ce, nous quittons tous l'aréna, heureux d'avoir résolu ce mystère une fois pour toutes.

***

À présent que cette histoire de fous semble résolue, nous pouvons vraiment nous concentrer sur notre partie, sans crainte de représailles. Après le discours incontournable de notre entraîneur, après le plan de match obligatoire et les consignes de jeu, nous sommes fin prêts. Juste avant d'aller affronter nos adversaires sur la glace, nous nous rassemblons en cercle, au milieu du vestiaire. Nous joignons tous nos mains au centre et crions de bon cœur :

« Go ! Blizzards, go ! »

Puis c'est la débandade. Nous nous ruons vers la sortie du vestiaire et nous nous arrêtons net devant le banc des joueurs. Un spectacle son et lumière éclate sous nos yeux. Un air de fête enveloppe les estrades. À la suite du départ précipité de notre MALfaiteur, ce dernier a été remplacé par Pépé. On l'a vite nommé « préposé attitré de l'aréna ». Nous le voyons, bien assis, sur la surfaceuse. Il prend son nouveau rôle très au sérieux. Un fier sourire aux lèvres, il se tient bien droit, habillé en smoking et coiffé d'un chapeau haut de forme. Notre ancien concierge arrête son bolide au beau milieu de la patinoire. Puis il se lève et salue la foule enthousiasmée. Il a vraiment l'air de s'amuser tout autant que nous. On siffle et crie à tue-tête : « Pépé! Pépé! » à maintes reprises pour l'encourager. Il continue son tour de piste sur un fond de musique rock et sur un jeu de lumière aux couleurs vives du Tricolore, qu'on a fait scintiller pour l' occasion. Sur le panneau d'affichage, on peut lire :

« Go! Blizzards, go! »

Après avoir fait son dernier salut, et sous les applaudissements d'une foule en joie, la surfaceuse et son nouveau conducteur quittent la patinoire et nous laissent le champ libre. Nous nous jetons sur la glace comme des gladiateurs dans une arène. Nous sommes fin prêts pour affronter les Lions, une équipe coriace. Qu'à cela ne tienne! Nous, on a du cœur au ventre.

La sirène retentit. Le jeu débute avec frénésie. Shane nous guide d'une main adroite, mais contre les puissants défenseurs de l'équipe adverse, nous n'arrivons pas à pénétrer leur zone de but. Ils sont tenaces et gardent la plupart du temps la rondelle. Nos chances de remporter une victoire sont minces, mais nous persévérons malgré tout. En milieu de période, les Lions semblent s'essouffler plus vite que nous. Shane en profite pour procéder à plusieurs changements de ligne. Nous sommes très disciplinés et avons une bonne séquence de jeu. Mon trio et moi, on réussit à faire une montée en zone adverse. Un de nos rivaux commet une infraction. Verdict : obstruction. Le défenseur en question doit se rendre au banc des pénalités. Voilà notre chance de marquer en supériorité numérique. Nous gagnons facilement la mise au jeu. Charles me fait une passe. J'attrape le disque et je m'approche du but ; avec un puissant lancer frappé, j'envoie la rondelle entre les jambières du gardien, qui n'y voit que du feu.

Et c'est le but !

Je me laisse glisser sur les genoux, mon bâton dans les airs. Les lettres BRUNO apparaissent sur le panneau d'affichage.

Nous menons un à zéro au début de la deuxième période. Un score qui demeure inchangé jusqu'à la troisième période.

Les féroces Lions semblent en colère. Ils patinent avec fougue en ce début de période. Ils font dix tirs au but que Putulik, notre gardien talentueux, réussit à arrêter de main de maître.

Nos opposants commencent toutefois à être hors d'haleine. En milieu de période, mon trio réussit une attaque massive en zone adverse. Nous avons une mission à accomplir et nous donnons notre cent pour cent. Charles réussit une belle montée. Il me donne le disque. On traverse la ligne bleue. Je passe la rondelle à Yannick, qui l'envoie à Charles. Ce dernier, sans hésitation, me la relance. Je m'approche du filet. Les défenseurs me talonnent de plus près. J'appuie sur mon bâton, car je dois faire un tir à courte distance. Sans trop réfléchir, j'exécute un tir du poignet et déjoue facilement le gardien. La rondelle entre dans le coin supérieur, à sa droite.

Et c'est le but !

Les lettres BRUNO apparaissent de nouveau sur le panneau d'affichage.

Cette fois, je lève mon bâton et un patin tout en improvisant la danse de la victoire.

Je n'en crois pas mes oreilles. La sirène retentit, confirmant le but. Moi Bruno, deux buts dans la même partie. Je retourne au banc, en donnant le coup de poing traditionnel à tous mes coéquipiers. Shane est fier de ma performance ; il me tape sur le casque et me félicite. Mon sourire s'allonge jusqu'aux oreilles.

— Repose-toi un peu, me dit-il, tu l'as bien mérité.

Je suis épuisé. Il félicite aussi Charles et Marco du travail accompli. Enhardie d'une énergie nouvelle, la deuxième formation continue, elle aussi, à tourmenter notre adversaire.

Le jeu est fébrile. Il ne reste que quelques minutes à Putulik pour réussir son premier blanchissage. Après que tous nos coéquipiers ont eu joué sur la glace, comme promis, Shane nous renvoie sur la patinoire, mon trio et moi. Nous débordons d'énergie. Les Lions traînent la patte. Charles s'empare facilement de la rondelle. Shane nous a demandé de ne rien tenter de particulier. On doit coûte que coûte conserver notre avantage jusqu'à la fin.

— Dégagez ou conservez le disque, nous répète-t-il sans cesse à l'arrière de la bande.

Ce que nous nous appliquons à faire. Tous les Lions nous talonnent. Dès que nous captons la rondelle, nous esquissons des tours sur nous-mêmes pour mieux nous faufiler par la suite entre nos rivaux. Ainsi, de passe en passe, nous nous approchons du but de nos adversaires.

Marco, bien connu pour son puissant lancer frappé, reçoit la rondelle et me la lance. On parvient à s'échanger le disque à une telle vitesse que les défenseurs adverses ne savent plus où se positionner. Finalement, j'ai le disque, et le champ est libre. Je m'élance alors vers le gardien. Il ne s'attend pas à un tir au but, pensant que j'effectuerais une passe. Ce que je feins de faire. Charles se déplace vers la gauche et bloque le défenseur qui me suit. Je tente à ce moment-là un tir du poignet. À ma grande surprise, la rondelle entre librement dans le filet, sous le regard ébahi du gardien.

Et c'est le but !

Score : trois à zéro. Et c'est moi qui ai marqué le troisième et dernier but du match. Trois buts d'affilée. Un tour du chapeau ! Je saute de joie. Le match n'est même pas officiellement terminé que tous les joueurs de mon équipe s'emparent de la glace. On se jette les uns sur les autres de façon à former une masse compacte.

Notre première victoire. Et quelle belle réussite ! Si seulement mon père avait pu me voir.

— Une victoire, un match parfait et aucune malédiction ! s'écrie Marco, fou de joie.

— C'est sûrement grâce à nos pattes de lapin porte-bonheur ! blague Charles.

— C'est surtout grâce à vous, s'exclament Shane et Pépé. Vous avez contré le MALotru qui vous empêchait de gagner.

Avant qu'il ne termine sa phrase, tous les honneurs rejaillissent sur moi ! J'ai droit à toutes les bouteilles d'eau vidées sur la tête, ce qui me rappelle un autre joueur et une autre équipe... S'ensuivent les accolades, les coups de poing amicaux et ainsi de suite.

— Votre attention, les gars...

Nous sommes beaucoup trop exaltés pour écouter notre entraîneur, qui nous ramène à l'ordre par un coup de sifflet.

— Les gars, je ne veux pas vous empêcher de célébrer, au contraire, mais je me dois de mentionner...

Il patiente encore un moment pour s'assurer d'obtenir l'attention de tous, surtout celle de Charles qui, comme toujours, fait toutes sortes de clowneries.

— … et la première étoile du match…

Il est de nouveau interrompu par un roulement de tambour. En effet, nous frappons tous sur le banc avec nos bâtons, ce qui ne semble pas l'ennuyer, au contraire. Il poursuit :

— … va à Putulik, notre gardien, pour son blanchissage.

— Hourra, bravo ! crions-nous tous en chœur.

Il a droit, lui aussi, à l'ultime honneur, soit recevoir de l'eau sur la tête.

— Et la deuxième étoile de la partie va à…

De nouveaux roulements de tambour s'élèvent…

— … à Bruno pour son tour du chapeau.

— Hourra, bravo, félicitations !

Et encore une fois, de l'eau est giclée sur la tête de la personne honorée, c'est-à-

dire moi. Le chant de mon nom doit sûrement s'entendre au loin, car tous scandent :

« Bruno ! Bruno ! Bruno ! »

Je ne peux le croire. Moi, Bruno, j'ai
reçu l'étoile du match ! Moi, Bruno, j'ai fait
un tour du chapeau ! J'en ai pour preuve
mes cheveux mouillés, mon maillot trem-
pé de sueur et mes cuisses endolories. Je
ne rêve pas, je le sais bien. Je n'ai pas à me
pincer pour le croire.

Mais jamais, de toute ma vie, je n'ai été
aussi heureux !

Table des matières

Marc Couture

Marc habite Gatineau, dans la région de l'Outaouais, où il enseigne aux élèves du primaire. Fort d'une imagination débordante, il ressent le besoin de raconter des histoires aux enfants. Il se décide finalement à écrire ses propres textes.

Marc nous présente son cinquième roman, mais le troisième de la série du jeune hockeyeur Bruno. *La transformation de Bruno* est la suite de *Une épouvantable saison* et *Le retour de Bruno* (finaliste pour le prix littéraire jeunesse Tamarack 2010-2011). Tous ses romans ont obtenu de belles critiques littéraires dont un « coup de cœur » en France pour *La médaille perdue*.